이것은
효녀 코스프레에 지쳐
좌절하고 만, 이제
막 40대의 길로 접어든
딸의 이야기이다.

애정만 있는 가족이 무슨 가족이라고!

글 · 그림 뚜루

나무
발전소

하나 마나한 이야기지만.

이러기를 30분.
기어코 문제를 해결했다.

이것은 효녀 코스프레에 지쳐
좌절하고 만, 이제 막 40대의
길로 접어든 딸의 이야기이다.

part 03 사소하지 않습니다

part 04 계속합니다, 가족

part 01

이번 생에서
효도는 글렀어

아버지

여기 한 명의 아버지와
두 명의 어머니를 보낸
환갑을 넘긴 남자가 누워있다.

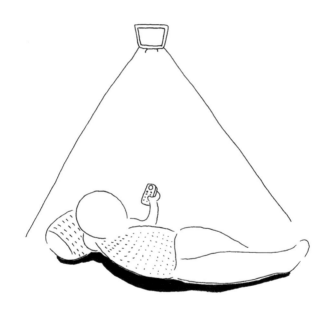

나의 아버지

일생을 이렇다할
취미도 갖지 못하고

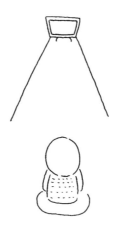

오로지 TV 앞에 앉아
세상과 조우하는 남자.

365일 꺼지는 날이 드문 TV

일에 얽매여 잠깐의
휴식기도 견디지 못하고
타인의 그것이 가족일지라도
즐기는 삶을 이해하지 못하는,
나의 가부장.

영화 보러
간다고?
그럼 나는?!

혼자라는 고독을 견디고
용납할 수 없다는 듯
가족에 둘러싸이길 바라지만
그렇다고 어느 누구와도
다정하게 어울리지 못하는
나의 가부장, 나의 아버지.

나의 가부장 안에는
여전히 어리고 여린
아이가 울고 있다.

그리고 내 안의 아이도 울고 있다.

선한 미소가 매력적인 남자

아버지의 젊은 시절 사진은
언제 봐도 어색하다.

네가 몰라서 그렇지
왕년엔 훈남이었어.
동네에서도 탐내는
총각이었지.

미소가 치명적인
이 매력적인 남자가
아빠라니!!!!!
믿을 수가 없어.

그 총각은 어쩌다 이렇게 됐나.

저녁은 언제
먹을 건가?
외식은 무슨
맛도 없는데.

외식이요~

그저
집밥밥밥!

과거로 갈 수 있는 단 한 번의
기회가 있다면 나는 아마도...

이 젊은 남자가 해맑게 웃고 있던
때로 돌아가 술잔을 기울이고 싶다.

물론 그 옆엔 누구보다
아름다운 엄마도 함께.

아, 아버지, 다니엘 블레이크

김훈의 〈공터에서〉가 히트를 치며
작가의 인터뷰를 검색하게 되었다.

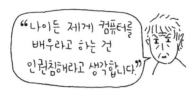

"나이든 제게 컴퓨터를
배우라고 하는 건
인권침해라고 생각합니다."

〈김훈이 한겨레를 떠난 이유 1〉에서

I, DANEL BLAKE

저 이름
난데?

•••

나야!

기사를 읽는데
영화가 생각나더라.
'나, 다니엘 블레이크'

이건 마치 나의 가부장께서
처음으로 스마트폰을 손에 쥔 것과
같은 이미지였다.

부들 부들

이 예민하고 쓸데없이 스마트한
기계는 아버지에게는 배웠다고
따박따박 논리적으로 따지려드는
딸자식 같은 존재이지 않았을까.

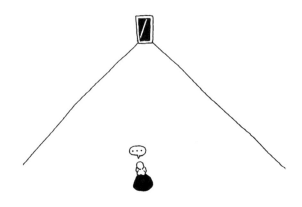

나이든 아버지에게 스마트폰은
신세계가 아닌 또다른 '인권침해'
이지 않았을까.

종료 버튼을 누르지 않아 종종
통화 중일 때가 있다고 한다.

김훈, 다니엘 블레이크 그리고 아버지가
같은 가부장으로 다가오고 있다.

아... 아버지.

그냥 죽을까?

밤 10시 36분.

아무도 이 시간에 나에게
전화하지 않는다.
한 사람만 빼고.

받지 말았어야 했는데
나란 인간이 그렇게
단호하질 못하다.

네…

격해진 아버지의 감정 섞인
목소리가 휴대폰을 뚫고 쏟아진다.

어떤 책도 위로가 되지 않는다.
그냥, 죽을까?

냉탕과 온탕 사이

2016년 중반기를 기준으로
아버지와 나는 빙하기를 맞았다.

철저히 각자의 영역을
침범하지 않는 선에서.

격동의 파도는 지나갔고
그 파도의 여운이 남았다.
이는 곧 잠잠해 질 거다.

늘 있었던 일이고 계절로 따지면

유난히 길었던 극단적인 나날들.
그래서 더 추웠던 날들.

아버지는 항상
추웠을까?

'가족이라는 병'이 심각합니다

혈연으로 엮인 '가족'인데
'가족이라는 병'이 없는 사람이
과연 있을까?

〈가족이라는 병〉의 저자
시모주 아키코는,

그 하나마나한 얘기를
빼면 우리는 뭔가?

지금의 내 고통과 고민의 51%가
가족이라면 그것을 말하지 않고,
고백이든 자백이든 드러내지 않고
진정한 관계가 형성될 수 있을까?

오늘 아버지
컨디션은
어떠셔?

그 날이 그날이지.
너는 좀 어떠냐?
요즘도 데면데면
지내는 거야?

서로의 가족에 대해 시시콜콜
하나마나한 이야기를 하는 딸들.
사실, 결론은 없다.

아부지~

아부지

있지? 나 요즘 한계야

네가?

피곤하고
힘들다.

웬만해선 피곤하다거나
힘들다는 말을 하지 않던 친구.
수십 년의 병수발이 힘들었던 걸까?

어차피 좋아지는 병도 아니고
서서히 나빠지는데...
문제는,

아버지...
안 좋으셔?

관리를 전혀
안 하신다는!

당뇨인데

등등 가리지 않고 드신단다.

오늘은 족발이야.

끝이라......

세상에 못된 년은 나다.
나는 여전히 아버지에게
전화하지 않고 있다.

'못된 년'이 효녀가 될 때

아버지가 입원을 하시고 찾는 사람은,

아내 아니면,

그날 저녁.

여기 저기서 한마디씩 한다.

아버지의 손을 잡은 적이 있는가

아버지의 손을 잡은
날이 언제였더라?

투박하게 무덤덤하고
야박하게 질책하던.

투박하게 무덤덤하고
야박하게 질책하던.

굳은 살이 인생의 굴곡만큼
깊고 굵게 박힌 그 손.

아버지께서 쓰러지셨던
지난 일을 눈시울을 붉히며
고백하던 그녀.

의식 없는 아버지의 손을
쓰다듬고 다정히 잡아드려.

이런 날도 얼마 남지
않았음을 짐작하면서.

때때로 내가
투명스러워져.
나, 괜찮은거니?

그럼에도 그녀 안에는
다정하게 손톱을
깎아 주던 아빠가

딸의 방을 말끔히
청소해 주던 아버지가

무뚝뚝하지만 살뜰히 딸들을
챙기던 과묵하게 친절한 아버지가 남아 있다.

그녀의 고백을 듣는데
나도 모르게 왈칵하고
눈물을 쏟을 뻔했다.

분명

나에게도
다정하고
헌신적인
아버지의 기억이
틀림없이
있을 거다.

그 기억을 가로막는 건
나의 삐뚤어진 내 안의
자라지 못한 아이 때문인가.

그때 아빠는 어디 있었을까

깜깜한 밤이었다.

달이 떴는지 별이 빛났는지
전혀 기억나지 않는다.

다만, 그 깜깜한 밤의 산길을
엄마와 언니 그리고 내가 걸었다는
스산하고 두렵고 무서운 기억뿐

어두운 산길을 올라 외할머니의
산소에 갔던 그 어린 날의 기억.

그날, 무슨 일이
있었던 거유?

그걸
기억해?!

그 기억 어디에도 아빠는 없었다.
아빠는 그날 어디에 있었을까?

어떤 기억은 잊히지도 않고
마음 속 깊고 어두운 곳에 박혀
문득 고통스럽게 찌른다.

아버지의 옛집

깊은 산골짜기의 시골 마을

그곳의 파란 대문 기와집.
아버지의 옛집.

집 뒤로 갈대밭이 밤이면
우수수 시원한 소리를 내던 집.

아버지는 언젠가는
이 옛집으로 돌아오고
싶으셨던 걸까?
슬픔이 가득한 옛집으로.

그러나 다시는 돌아가지 못할
집이 된 아버지의 옛집.

우리는 죽으면 어디로 가나 1

이른바 선산이라고 불리는 산이 있다.

본가에서 선산까지는 약 3시간.
어느 날이 좋은 날 산소에 갔다.

그러다 산소 옆에 말끔히
다듬어진 자리를 보게 됐다.

우리는 모두 말이 없었다.

우리는 죽으면 어디로 가나 2

부모님의 미래를 준비해야 하는
자식들은 어쩔줄 모르고 우왕좌왕.

이런 경우가 있는가 하면
저런 경우도 있다.

선산을 고집
하시는 건가?

그럼
안 되냐?

사실 부모님과 이런 주제로
이야기 하기는 쉽지 않다.

늙었다고
어서 죽으라는
소리냐?

발끈

두려우시겠지...

복잡하게 생각하는
나에게 엄마는,

생각해 보면
간단한 걸.

우리는 죽으면 어디로 가나 3

응? 간단하다구요?

죽고 나면 아무 소용 없음이야.

나 죽고 난 후가 뭐가 큰 일이라고

그거야 엄마 생각이고 아빠는 다를 걸?

화장지와 묘자리 등의
장례 절차를 알아보던 지인은,

이것도 세월 지나면 자손이 챙기기 힘들잖아. 그러면 결국엔 없앤다는데?

결국 답은 하나.

화장해서 뿌리는 방법.

어차피 아무도
보살필 후손이
없다면 화장이
가장 현명한
선택 아닐까?

아무래도
그렇습니다.

나는 이번에
결심했어.

흔적을 남기지
않기로.

단호한 지인의 결심을
엄마에게 얘기하는데
타이밍도 절묘하게 뉴스에서
파묘에 관한 내용이 나온다.

요즘 부모세대가
자식세대에게
부담이 된다며
파묘를 하는
추세라고······

잠깐!

아버지는 혹시?

엄마.
아빠랑도
그런 얘기
해 봤어?

아버지와 책

아버지께서 독서를 하는 모습을
본 적은 단 한 번도 없다.

그때를 제외하고 아빠가
책을 읽는 걸 본 적은 없다.

아빠는 원래 타고 나길
책과 친하지 않은 걸까?

라고 생각했지만.

그 상황에서 '책'은 아빠에게
아무런 도움이 되지 않았을 거다.

오로지 '일'에 전력투구하며
에너지를 쏟아 붓고 자신의 소왕국
가정으로 돌아와 휴식을 취하는 삶.

고된 노동 뒤에 책이 무슨 도움이 될까.

아무것도
안 하고
쉬고 싶어.

아빠……

나는 오늘도 아빠바를
이해하면서도 동시에
미워하는 감정에 싸인다.
애증이여.

내가 고등학교를 졸업하고

취업해 따박따박 월급을 받아
꼬박꼬박 아버지에게 드리고

적당한 나이에 적당한 사람과
적당히 결혼했더라면.

순종적이었다면

네가 여전히
착하기만 한 딸이었다면,

내가 그랬다면 달라졌을까 2

어느날 카페에서 그녀들의
수다를 듣게 됐다.

그녀의 해답은 의외로 간단했다.

잊지?

화해와 이해의 타협점에서
실패를 경험한 그녀의 답은
'어쩔 수 없음'에 있었다.

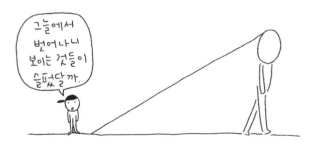

가장의 무게

너무 어린 나이에 시작한 노동.
아버지는 일에 최적화되었다.

이제 그 노동이 아버지를 옭아맨다.
벗어날래야 벗어날 수 없다.

노동은 이렇게 아버지를 지배했다.

지금의 나보다 15살은 어렸던
어리고 여린 가부장에게
4명의 가족과 3명의 동생을
책임지는 일은 쉬운 일이 아니었다.

때때로 어린 가부장은
풀 길 없는 스트레스를 고스란히
집으로 가지고 들어 와
한꺼번에 쏟아내고는 했다.

아, 얼마나 힘들었을까.
아, 얼마나 힘들었나.

끌임없이 밟아야하는
톱니바퀴 같은 것.

유일한 휴식이라고는

휴식은 오로지
TV가 전부.
애정하는
프로그램은
'나는 자연인이다'

그런 가부장에게 여행이란?

하하하

와아아아아아

그동안 일에 최적화된 일상을
단번에 뒤집어 놓는 일이었다.

**다시는
여행
안 간다.**

에휴...

이것아!
너도 늙어 봐.

극도의 피로감에
일상으로 복귀하여
회복하시는 데도
꽤 시간이 걸렸지.
아... 가부장이여.

사회적으로 "쓸만한 인간"이 되어
밥벌이를 하기까지 가부장께서는
무엇을 포기하신 걸까?

'나'가
어디 있어?
오로지
'내 식구'
'내 가족'이지.

아...부...지...

가부장에게 일이란 2

〈편의점 인간〉에서 주인공은
세상에서 "쓸만한 도구"가
되기 위해 필사적으로 편의점에
최적화된 인간이 된다.

심지어 편의점과 떨어져서는
살 수 없는 인간이 된다.

〈편의점 인간〉이 극단적으로
편의점에 최적화된 인간으로서
쓸모를 입증하는데 주력하며
이 사회에 편입했다면
우리의 애잔한 가부장들은,

아부지~

세상이
어떻게
되려고...

강제적
워커홀릭
가부장들이여.
흑......

즐기며 살아요~♪

율로~♪
율로~♪

오늘을 즐겨요!

그러다
골로 간다.
따아.

이번 생에서
효도는 글렀어

part 02

존중해
주세요

집을 떠나다

삼남매인 나의 형제
가장 먼저 집을 떠난 건
언니였다.

그 뒤를 이어 남동생이.

마지막으로 내가 집을 떠났다.
이것은 불가사의하게도 무척
자연스럽고 당연하게 이루어졌다.

아가씨,
짐은 이게 다야?

네.

30년 간 살던 집을 떠나는 건
생각보다 간단하고 소박했다.

어쩌면 나는 홀가분했는지 모른다.

더이상 아빠의 심기를
살피지 않아도 되겠군.
살얼음판 위에서 훌쩍
내려온 홀가분함이랄까.

주말마다 전화에 시달렸으니.

아버지는 독립할 준비가 되어 있지 않았어.

딸에게 독립을 1

얼마 전 결혼한 사촌여동생은,

라는 질문에.

결혼 전 직장을 마치고 남자친구와
영화라도 보면 11시가 넘기 일쑤였는데
그때마다 아빠는 전화로 딸을 닦달했다고.

언제 들어 오려구!

어디냐? 지금이 몇신데!

당장 들어와!

이런 가부장

울엄마도 만만찮아.

남 얘기 같지 않은 사람은 손!

딸들에게 자유를.

여기서 문제

딸에게 독립을 2

딸의 청춘을 집요하게 걱정하며
감시하고 통제하던 시간은 딸이
나이 먹어 이른바 '혼기'가
지나고 그 양상을 달리한다.

'혼기' 반댈세.

남들 다 가는
시집을 너는 왜
아직도 못 가고
그 흔한 남자친구도
없이 허구한 날
집구석에서…쯧쯧

못마땅

파한-

그럴 때 해결방법은 딱 하나다.

독립의 자유냐
월세의 무게냐
그것이 문제로다.

단호하고
덤덤하게
짐 싸서
독립해.

단,
월세의
무게는
네 몫이다.

가족이라고 반드시
같이 살 필요가 있을까?

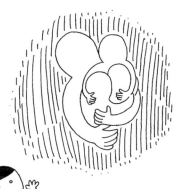

가난해도 굶어
죽지만 않으면
독립만세!

가족이라고 언제나
'같이' 있어야 하는
것은 아니다.

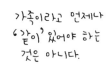

떨어지면
더 잘,
더 깊이
볼 수도 있다.

세 끼 중 한 끼는 손수

라는 반응을 기대하는가?

라디오에서 들은 얘긴데

계모임을 하던 한 부인이

저녁이 되자 부랴부랴 집으로 돌아갔다.
돌아온 부인에게 던져진 첫 마디는,

이런...

계모임 멤버 중에 나만 남편이 있어.

저녁은 뭔가?

아하하하하하하하
엄마랑 이런 얘기를 하며
웃고 떠들며 집에 오는 길에   따리리리 ♪

남편

아,
아부지

네 아부지
전화다
얼른 가자.

아버지 밥상 차리러
모녀는 서둘러 걸었다.

내가
못살아!

이게 다
엄마
책임이야.

〈비혼입니다만 그게 어쨌다구요?〉에서
공저자인 미나시타가 동네에서 열리는
세미나에 세 살된 아이를 데려갔다.

세미나에 애를
데려오다니
나가시오!

부들

부들

와아아앙!

"아이는 아직 시민이 아니니
세미나에 데려오면 안 된다."

이런 설문지를
작성한 사람이 그
할아버지이지
않을까 싶어요.

대담자 였던
우에노 지즈코의
한 마디!

"정말이에요?"

"박살 내버리지 그랬어요."

존중 받고 계십니까? 2

그날의 지하철 안도 여느 날과
다름없이 조용했다.

백발의 중년 부인과 그 친구는
조용히 담소 중이었는데 글쎄!

토씨 하나 틀리지 않고 중년 남성은
저렇게 말했고 중년 여성은 난데없는
무례에 모멸감으로 치를 떨었다.

한 치의 물러섬도 없던 중년 여성의
강력한 항의에 중년 남성은 머물쩍
넘어가려 했다.

이 때!

옆에 앉아 있던 부인이 보였다.

응?

옆에서 모른 척 앉아 있던
존재감도 희미했던 소심한 여성.
같이 내려 걸어 가는 걸 보니
중년 남성의 부인이었다.

빨리
안 오고
뭐해!

마누라가
불쌍하네.

집에선
어떨지
뻔해.

부인은 화풀이 대상이 아닙니다.

동남아와 개저씨 1

40대 여자 세 명이 치킨 집에서
조촐한 모임을 하고 있었다.

이번에 우리애
수학여행 가는데
경비가... 세상에!

우리 애는 학교에서
친구랑 싸워서
담임 면담하고
왔어. 그나마
'학폭위'까지 안
가서 다행인데
녀석을 어쩌죠?

세 여인 중 가장 연장자인 그녀.

그럼
뭐가
문제죠?

니들은 좋겠다.
자식들이 문제라.

언니는
자식이
속썩이지도
않잖아요?

그녀의 가장 큰 문제는
그 집의 '큰 아들'인 '남편'

아내에게 지나치게 의존적인
남편은 아내의 일을 생계형이
아닌 '반찬값'으로 취급하고 있었다.

각자의 심각한 문제를
'치맥'으로 풀고 있는 이때.
5·60대로 보이는 남자들이
들어와 빈 테이블도 많은데
굳이 옆 테이블에 딱 붙어 앉았다.

이건... 뭐지?

건배

건배

동남아 들이
~ ~
어쩌구

동남아
말이야
~~

오붓한 자리를 기대한 세 명의
여자들은 서둘러 자리를 떴다.

가입시더~

동남아와 개저씨 2

찝찝하게 가게를 나선 여자들.

서둘러 자리를 뜬 내막을
연장자에게 듣게 됐다.

세상에 이런 단어가 존재한다니...

그런데 말이야,

개저씨도
처음
들어요.

그러니까
'개저씨'라는
말도 있겠지.
'개 + 아저씨'

우리가 방금
개저씨를
만났군요.

우리는 언제부터 서로를
무시하고 비하하는 단어로
부르게 되었을까?

집에 가서도 서로를
'동남아'와 '개저씨'로
부르는 건 아니겠지?

논리적으로 대화를 시도하는
자식에게 가부장께서 할 수
있는 최고의 자기방어적 논리는?

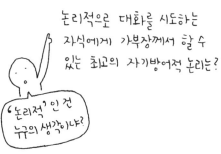

"어린 것들이 뭘 안다고!"

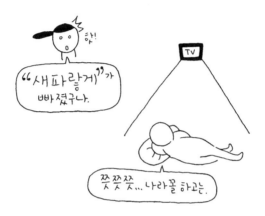

언제까지나 '옛날이 좋았지'라고
반복하는 나의 애잔한 가부장.

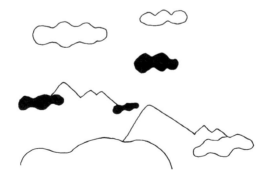

우리의 기억과 추억은
이렇게 멀고도 다르다.

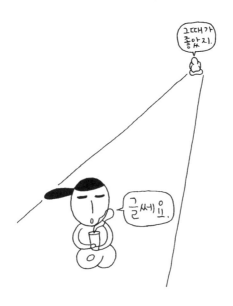

가부장과 대화시도 2

우리에게는 '입'만 있었다.

'귀'는 없었다.

무의식적으로 서로에게 상처주며
영혼을 갉아먹는다. 잡아먹는다.
아주 사소하고 친밀한 방법으로.

우리에게는 '귀'가 시급하다.

길들어 간다는 것은

내게 명절은 늘 '노동절'이었고
이번 설에도 마찬가지일 거란 생각에,

뭐지?

언제나 그랬던 것 같은
당연한 반응은?

그러나 인간이란 습관의 동물
관성이란 의외로 무서운 것이었다.

엄마는 올해는 줄여야지 하면서
결코 음식을 줄이지는 못하고 있다.
무엇이 문제일까?

올해는
전이
여...
부실해.

전 다 부치면
검사하는 가부장.

60년 넘게 이렇게
살았더니 바꾸기
쉽지 않네 그래.

'아내' 라는 직업에 완벽히
충실한 나머지 이제는 고될 법한
'가사노동'이 당연해졌다.

형님
파이팅!

왜 저래?

엄마!
이거 고대로
올케한테
물려 줄 건
아니지?

묵비권
행사 중

익숙함이란 희생도 당연하게 만든다.

세계 여성의 날이 좋냐?

아무튼, 오늘은 "세계 여성의 날"이고
나는 미치게 컨디션이 저조해서 또
꽃이불 아래에서 연예뉴스를 보다가

결혼을 졸업했다며 '졸혼'을
선언한 황혼의 대배우.
하지만 방송에서 밝히기
꺼렸다는데 그 이유가......

"아내가 욕 먹을까 봐."

이게 **왜!**
아내가 욕 먹을
일이라고 생각하나?
둘의 합의하에
이루어진 졸혼이라면
책임이나 비난도
둘의 몫. 비난하는
것도 웃기지만.

아내 생각은
다를 걸?

그게 왜?

이해불가

아내가
왜?

인식의 차이는 이렇게 크다.

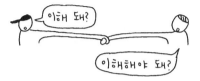

또 인터넷에서 이런 글도 보았다.

내가 아는 모든 남자에게
이 이야기를 들려주고 싶다.

해석의 차이는 이렇게 크고 넓고
우리는 여전히 70년대를 살고 있다.

그리고 나는 궁금해졌다.

부부는 일심동체여야 하나?

부부는 일심동체여야 하나?

"부부는 일심동체" 라는 말이 있다.

一心同體
"마음을 하나로 합쳐서
한 마음 한 몸이 됨"
이라는데.

나는 문득 연리지가 생각났다.
"뿌리가 다른 나뭇가지가 서로 엉켜
마치 한나무처럼 자라는 현상"
남녀 사이나 부부애에 비유되기도 한다.

뭐라?

뭐라니?

그런데 말입니다.
일·심·동·체
연·리·지 가
꼭 반드시
좋기만 할까?

이때 마침 독서신문 〈책과 삶〉에서
강석우 씨의 인터뷰 기사를 읽었다.

"시간이 흐르면서 부부가
하나가 되어 가는 것 같지만
'완벽하게 각각 두 사람이다'
는 생각이 듭니다. 나와 다른
점을 인정하지 않으면
부부관계는 평화로워질 수 없습니다."

바로 이거거든!

빙고!

각기 완벽히 다른 두 사람이 만나

일심이 되고

동체가 되는 건,

어느 한 쪽이
상대방에게
맞출 때
가능한 일이
아닐까.

"완벽하게 각각 두 사람"
이라는 걸 인정하기에 가부장은
아내에게 지나치게 지배적이면서
아이러니하게도 절대적으로 의존적이다.

산들바람에도 휘청인다.

밥

가부장에게 의식주 중
가장 중요한 것은 식. 그것도

밥

요즘은 흔히 볼 수 있는
냉동밥 은 꽝 꽝

언제나 밥은 갖지은
따끈따끈한 김이 오르는
고슬고슬한 밥이 진리.

내가
보약이지.

누가 모르나?
나도 안다고!

이 '진리의 밥'을 삼시세끼
하기 위해 아내들은 오늘도
싱크대에 빠져 죽기 직전이다.

에고...
아침 먹고
돌아서면 점심
점심 먹고
돌아서면 저녁.

아내의 푸념을 소파에서 듣던
집밥 가부장께서는 이러신다.

삼시 세끼
밥하는 게
뭐가 힘들다고
난리야?

'가사노동'에 대한 인식은
경제적으로 환산되지 않는
그저 "사소한 노동"에 불과하다.

밥이 그렇게
중요하다면서
밥해주는 아내에
대한 대우는
왜 저런가?

간단하게
외식하면
좀 좋아.

덩그러니

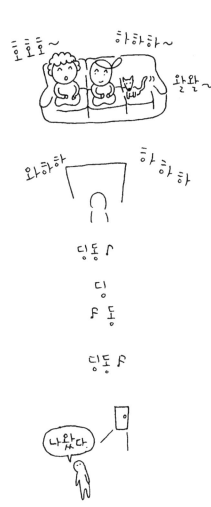

필연적 페미니스트 1

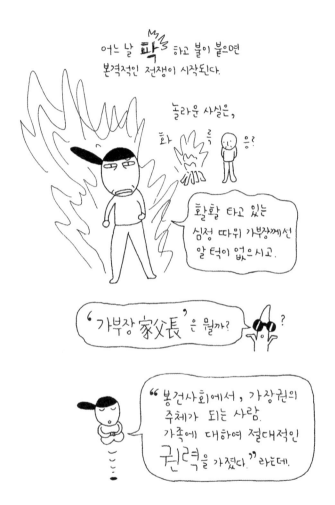

어느 날 **확**하고 불이 붙으면 본격적인 전쟁이 시작된다.

놀라운 사실은,

화 ! 응?

활활 타고 있는 심성 따위 가부장께선 알 턱이 없으시고.

'가부장 家父長'은 뭘까?

"봉건사회에서, 가장권의 주체가 되는 사람. 가족에 대하여 절대적인 권리력을 가졌다." 라는데.

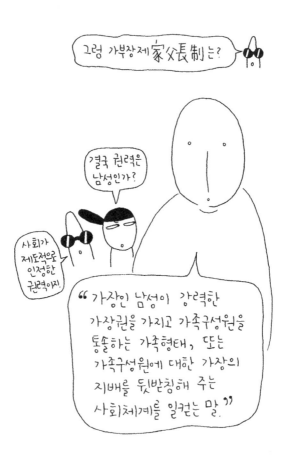

그럼 가부장제 家父長制 는?

결국 권력은 남성인가?

사회가 제도적으로 인정한 권력이지.

" 가장인 남성이 강력한 가장권을 가지고 가족구성원을 통솔하는 가족형태, 또는 가족구성원에 대한 가장의 지배를 뒷받침해 주는 사회체계를 일컫는 말. "

21세기에도 가부장제는 여전히

"여성을 지배하고, 착취하고, 억압하도록 요구받는다."

모두를 위한 페미니즘

버겁다고.

권력을 분산시켜 ……

사실은 남자들도 가부장이 힘들어.

내 권력을 분산시키자고. 누구 마음대로.

너무 일상적이고 지배적인 권력이라
그동안 느끼지 못했던 '가부장제'에
눈을 번쩍 뜬다면 아마도 당신은,

페미니스트가 될 지어다.

자각하라

남성 혐오가 아닌
성차별에 반대
하는 페미니즘이야.

가능해. 내가?

그러나

인간은 참으로
한결 같은 존재야.

그러는
너는? 너는!

TV

쯧쯧…
세상이
어떻게
되려구.

여자끼리니까

버스를 타고 가던 날

며칠 째 잠을 설쳐 상태가
극도로 예민했다. 아... 꿈 꾸고 싶어라.

여자들끼리의 수다는 반드시
아는 사람이 아니어도 가능하다.
나이 들수록 공감대가 깊어지는 건가?

할머니의 친화력에 감탄하며
열심히 달리는 버스 안에서 은근하고
몽롱하게 잠에 취한 그때!

그런데

딸은 낳아 뭐할라고.

우리 손녀, 귀 막자.

어쩌면 여자끼리니까
더 무감각한 성차별.

내가 잘못 들었으면 좋겠구나.

손 잡는 순간

ㄸ따뜻하고 몽글몽글하고
두근거리고 설레는 그것.

그러다 마스다 미리의
〈내 누나〉 속편을 읽는데
또 "손 잡는 순간"이 나왔다.

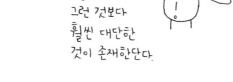

" 동생아,
그런 것보다
훨씬 대단한
것이 존재한단다.

모든 남자에게
이런 누나가
있었더라면.

연애에서 처음
손을 잡는 순간, 최강! ”

이거거든! “손 잡는 즐거움”

엄마, 아빠랑 처음
손 잡았을 때 기억나?

어디 보자...
그게 언제더라?

본능적으로

아이에게 문제가 생기면
비난은 일제히 엄마에게
쏟아지는 일이 다반사다.

모성이란 본능적으로
희생과 연결된다.

본능

66 이 얼마나
아름답게,
의심스럽게,
수상쩍게,
비열하게,
추악하게
들리는 말인가? 99

〈 비혼입니다만,
그게 어쨌다구요? 〉중에서

본능.
아빠도 좀
씁시다.

으 싸

그리고 내게 만약 '자연스러운'
일이라며 본능적 모성과 강제적
희생을 강요한다면,

꺼져버려!

존중해주세요

다들 밥먹어 ~ ~ ~

part 03

사소하지
않습니다

드라마는 드라마일 뿐

〈아버지가 이상해〉는 가족 드라마로
4 남매의 좌충우돌 일상 드라마인데,

충격은 여기서 그치지 않았다.
이 아버지가 젊은 시절 피치못할
사정으로 죽은 친구와 신분이 바뀌고
아내도 여기에 동참한다.

죽은 친구에게 아들이 있다는 사실을
몰랐던 아버지는 현재 장성한 (35살인가?)
친구의 아들과 마주하게 된다.

모두의 오해 속에 친구의 아들은
단란한 가족 안으로 들어온다.

아버지도 자식들에게
또 다른 아들의 존재를 고백한다.

네에? 뭐?! 뭐라구요?

실은 아들이 있어.

그런데 이 아버지가 글쎄?!

아빠가 미안해.
정말 미안해.
미안해. 미안하다.

헉!
아버지. 진심으로
사과하시잖아?

순간 너무 당황스러웠다.
가부장의 진심어린 사과라니.

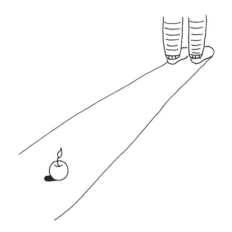

그리고 곧 깨달았다.

미안해
얘들아.

깜빡했네.
이거, 드라마지?

아내의 입원 1

아내가 입원하고 홀로
집에 남게 된 가부장

시집간 딸에게 전화를 한다.

몇 주는 병원 신세를 져야
한다는 말과 함께,

그리고
집에 와서
빨래도 하고,
청소도 하고,
밥도 하고.
기다리마.

목적이…

그 시간 가부장의 손에는
스마트폰과 리모컨이 쥐어져 있었다.

평생을 하찮고
사소하게 생각한
그 일, '가사노동'
그걸 왜 혼자서
해결하지 않나?

가장
체면이
있지!

아내의 입원 2

아내가 입원하고
한 달 째인 가부장.

식사는 제대로
하시는지...

살림은
하고 사나?

가장 중요한 그것!

나는 해드시나?
사 드시나?
어쩌시나?

그런데 반전이!

반들 반들

아들은 놀라고 만다.

아버지! 정녕 아버지의 살림 솜씨입니까?

이정도 쯤이야.

뽀드득

더욱 놀라운 사실은
이런 가부장의 요리

아버지의
된장찌개

훗!

멸치와 다시마를 우려
육수를 내서 찌개를 끓였지.
하는 김에 넉넉히 우려
육수를 만들어서 냉장고에
넣어 놨다. 아들아.

손하나 까딱할 것 같지 않던
이런 가부장은 놀랍도록 능숙하게
"사소한 노동"으로 치부하던
가사노동을 하신다.

포커페이스
아부지~

아내의 입원 3

아내의 입원으로 밝혀진 진실.

아 … 위태로운데 …

그래!
못하는 게 아니라
안하는 게 확실해.
남자들은.

그렇다. 그들은 누구보다
가사노동을 잘 할 수 있다.

왜냐고?

각 잡아 빨래를 개고

반들거리게 청소를 하고

자신의 사소한 일들을
스스로 해결하는 그들.

군대에
엄마는
없다.

그들이 제대하는 순간,

군대물
빼는데
6개월은
걸리지.

그 군대물
빼지 마요.

양말 뒤집어
벗지 말고,
빨래는 빨래통에,
제발 방청소 좀 해라.

당신이 하기 귀찮은 일이라면
누군들 귀찮지 않을까.

세상에
이런 기부장

60이 넘어
가사노동의 소질을
발견했지 뭐냐?

아내의 입원 4

아내와 딸, 때론 며느리로
가득한 병실에 아들 등장.

순식간에
아침, 저녁으로 간병하던
딸은 흔적도 없이 사라졌다.

가게 일도 하고

집안 일도 하고

모든 일과를 마치고 매일 출퇴근
한지도 몇 개월이 넘은 그녀.
그녀의 남동생은 딱 일주일만에
두 손 들었다고 한다.

네가 무의식적이든
의식적이든 관심을
멀리했던 그 모든
사소하지만 치명적인
일들을 가족 중의 누군가는
반드시 하고 있다. 매일.

의사 선생님이
조심하라잖아요.

심혈관 질환자.

그건
맛이
없는데도.

당뇨 합병증

아부지

집에 가시면
식단에 소독에.
악화되면 더
큰 일이에요.

퇴원은?

그들 대부분이 어머니이자
아내이자 딸이자 며느리이다.

니 아부지
밥은?

엄마의
기대
이상일걸?

할아버지의 반짝 구두

이비인후과에 왔다.

불치병인가...

대기자가 많아 기다리는 그때
노부부가 들어오셨다. 예약자인 듯.

딱 봐도
멋쟁이!

부부사이

귀에서 자꾸 소리가 들린다며
병원에 오신 할아버지.

나 같은
이석증
아니신가?

의사 할아버지의 질문이 시작된다.

요즘도
일하세요?

벌써 그만뒀지요.

시끄러운
곳에서
일하셨어요?

그랬는데
지금은 일 안 하고
콜라텍 다녀요.

콜라텍

대기실과 진료실이 개방적이라
다 듣고 있던 우리는 순간 빵터짐 ㅋㅋㅋㅋ

콜라텍은
시끄러워서
더 안 좋을수
있어요.

그래도 그게
낙인데...

의사 할아버지의 질문은
사적인 영역을 파고 든다.

콜라텍은
혼자 가세요?

그럼, 혼자 가지.

여기서 춘철살인.

혼자 가시니까
이렇게 되죠.
부인이랑 같이
가셔야죠.

마누라랑?

절대
같이
안 가요.
혼자 가지.

나이 들면서 부부는 누구와
가장 사이좋게 지내야할까.

아버지의 애정표현 1

오랜만에 본가에 갔다.

어쩌다 아버지께서 혼자
멀고 먼 예식장까지 가셨지?

좀처럼
외출하지
않는 아버지.

아버지가 안 계신 집은
어딘가 허전하기도.

하지만 그 시간도 길지 않았다.

어디?
일찍 오네?
알았어요.

역시 아버지답다.

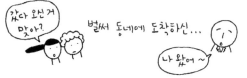

갔다 오신 거
맞아?

벌써 동네에 도착하신...

나 왔어~

피곤한 듯 들어오신 아버지의 손에
검은 봉지가 들려 있었다.

엄마의 신발을 사 오신 거다.

아버지는 분명 애정표현을 하신다.

그러나,

때론 너무 작고

。

때론 너무 사소하고 일방적이라

눈치채기 힘들다.

나는 지금 그 작은 애정표현들을 그리고 있는 지도 몰라.

아빠……

아버지의 애정표현 2

아주 먼 ── 옛날,

은 아닐지도.

먼 옛날이다.

초등학교가 국민학교이던 시절
딱 한 번 아빠가 김밥을 싸줬던
때가 있다.

두 틈

언니가 병원에 입원을 했고
엄마가 병원에서 간병을 했다.

뭔가…
트라우마로
남았어.

그런데 공교롭게도 기대하던
소풍날이 겹친 것이었다.

그때의 소풍은 반드시 '김밥'

아빠는 생각지도 않게 손수
밥을 해서 김밥을 싸 주셨다.

김밥의 밥은 질었고

속재료가 어땠는지는 기억도 안 나.

그날의 '김밥도시락'은 언니의
병실에서도 단연 화제였다.

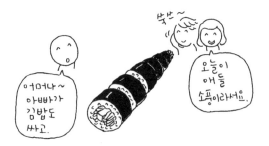

아빠는 서툴지만 소풍 날에
김밥을 싸주던 다정한 아빠였다.

오늘은 아버지가 좋아하시는
초밥이라도 사 들고 본가 갈까?

아버지와 돈가스

내게는 잊을 수 없는 음식이 하나 있지.

다들 하나쯤 있지 않나? 잊을 수 없는 추억의 음식.

아주 옛날 옛적 어렸던, 온 가족이 함께 먹었던 돈가스.

신기한 건 맛은 전혀 기억나지 않아.

그날의 분위기만 기억날 뿐.

후미진 변두리의 경양식 집

이었던가?

문을 열고 들어갔는데
아니나 다를까 휑했다.

돈가스 5개요.

언니

남동생→

나

처음 먹어보는 돈가스에 잔뜩
위축 되었더랬다.

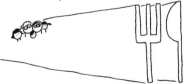

포크와 나이프의 사용도 몰랐고
지금 생각하면 아빠도 몰랐던 것 같다.

눈치껏 옆테이블 사람들의
먹는 모습을 보며 먹었던 기억.

애써 태연한 척.

이렇게
자르면 돼.

어쩌면 아버지는 그 표정을
평생 짓고 계신 건 아닐까.

오늘은
돈가스를
먹어야지.

효도할 수 있을까?

심각하게 고민했었고 지금도
늘 마음 한 켠에 내려 앉아 있다.

과연 효도할 수 있을까?

이게 좋을까?

저게 좋을까?

끙 ;;;

시도는 때때로 성공했지만
결국 실패...라기 보다는
좌절을 안겨주었다.

부모님의
효도 관점과
자식들의
효도 관점이
맞지 않달까.

남들처럼
결혼하고
자식 낳고.
남들처럼만
하라고.
그게 효도지!

이거 은근히
어려워요.
남들처럼만.

꿍

사랑한다. ♥

왜 그럴까?

현실은 60분짜리로 잘 편집된
드라마가 아닐 뿐더러.

그러니 "드라마같은" 화해는
판타지가 아닐까.

손 잡는 것조차 어려운데.

소설처럼(ft.도불의 연회)

그럼 대체 나와 아버지,
가족은 무엇으로 사는가?

각자가 꿈꾸는
가족 안에서?

가부장으로 행했던 모든
거친 말과 행동은 상처로 남고

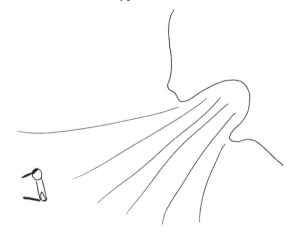

내가 쏟아낸
논리적이라던
칼같은 말들은

가부장의 투박한 손과 무딘 마음을
꽝꽝 얼어 붙게 했을 거다.
그렇게 우리는 서로 멀어졌다.

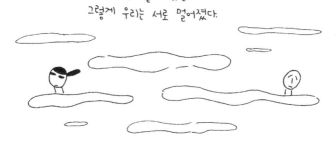

그럼에도 불구하고
우리는 가족이다.

애증의
부녀지간이랄까?

〈도불의 연회〉에서 이런 글을 읽었다.

" 가족이란,
분명히 해결하는 게
아니라, 계속하는
것이리라. "

정답?
그런 거 없다.

가족
계속하는 거야.
Keep Going!

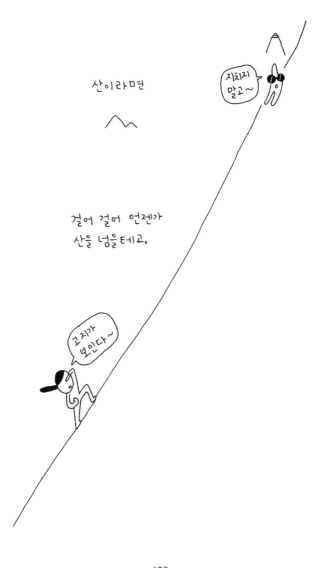

강이라면 바다라면

파하

수영이라도 배워서,
믿기 어렵겠지만
헤엄쳐 건널 거다.

튜브라는
변칙도 있지.

사랑도
애증도
아닌
극복의 대상

아직 멀었다.

극복 克服

1. 악조건이나 고생 따위를 이겨 냄.

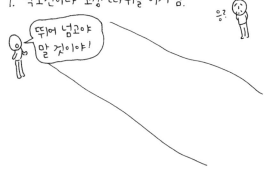

뛰어 넘고야
말 것이야!

응?

2. 적을 이기어 굴복시킴.

부들 부들

잡소

사전을 들춰보다 화들짝
놀라고 말았다.

대체 나는
무엇을 극복하고
싶었던 건가?!

아버지와 나의 관계가
이기고 지는, 극복해야 하는
관계는 아니잖아.

복종하라!
순종하라!

아부지ㅡ

하아

극복과 복종과 종속의
관계가 아니라 존중,
인정하는 관계라면
좋지 아니한가.
이해라든지.

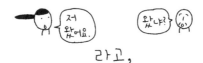

라고,

쉽게 잘도 말하지만.

왜

안 바뀔까?

니들은 바뀌니?

그랬구나.
나도 똑같구나.

그 자리에 꼼짝 않고
버티던 것은 나였구나.

아빠,
저기...
있잖아요...

"아버지는 과연
무엇에 의지해서 살았을까?"
〈가족이라는 병〉 중에서

사소하지않습니다

part 04

계속합니다,
가족

내가 걸어가는 길

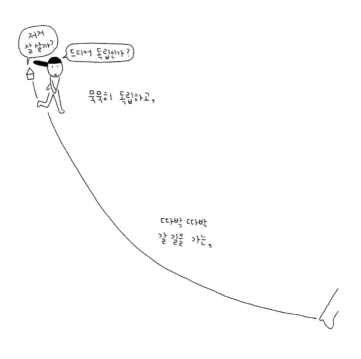

저거 잘 살까?

드디어 독립인가?

묵묵히 독립하고,

따박따박
갈 길을 가는,

나름의 선택을 했다.
내가 할 수 있는 최선의 선택을.

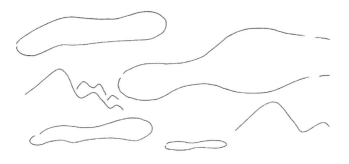

날씨 좋구나 ♪

오로지 혼자서 씩씩하게.
하지만 때때론 ......

숨이 턱에 차고
우울감에 지치고
생활고는 압박해 오고
긍정의 마음은
초조하게 쪼그라들어
희망을 잃어갈 때.

이상적인 가족

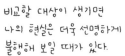

비교할 대상이 생기면
나의 현실은 더욱 선명하게
불행해 보일 때가 있다.

나만 왜 이래?

그럴 땐
말이지?

이 상 적 인 가 족!

'모래 위에 지은 성' 같은 존재라고 생각해 버려요. 이상적이고 그런 거 없습니다. 없어.

미디어가 만들어 낸 환상이지.

포기하지 않고 계속하고 있지, 가족?

내다 버릴 수는 없잖아.

애정보다 강한 애증

하루하루 여전히
계속 살아가고 있다.

요즘은 뜸하네...

지루한 일상의 반복

오늘은 또 뭐해 먹나.

결코 멈추지 않는다.

이번 주는 조용하네?

이걸로 충분하지 않나.

그만두지 않는다는 것.

드라마틱한 관계 개선은
드라마에나 있는 일.

가족이 함께 할 수 있는 건
사랑때문이 아니다.

그럼?

사랑보다 더 진한 애증!
애증이 켜켜이 쌓여
이루어낸 질기고 끈적끈적한
가족 그리고 나의 가부장.

아...아부지...

애정만 있는 가족이
무슨 가족이라고.

계속합니다, 가족.
나의 애잔한 가부장.

계속합니다, 가족

애정만 있는 가족이 무슨 가족이라고!

초판 1쇄 인쇄 2018년 5월 13일
초판 1쇄 발행 2018년 5월 18일

지은이 뚜루
펴낸이 김명숙
펴낸곳 나무발전소

등록 2009년 5월 8일(제313-2009-98호)
주소 04073 서울시 마포구 합정동 358-3 서정빌딩 8층
이메일 tpowerstation@hanmail.net
전화 02)333-1962
팩스 02)333-1961

ISBN 979-11-86536-58-2 03810

※책값은 뒤표지에 있습니다.